© 2013 MARVEL

Publié par Presses Aventure, une division de
Les Publications Modus Vivendi inc.
55, rue Jean-Talon Ouest, 2e étage
Montréal (Québec) H2R 2W8
CANADA
www.groupemodus.com

Les histoires *Dans la peau de M.O.D.O.C.*, *Piège médiéval*, *Le clan du serpent* et *Ego un amour de planète*
ont été publiées pour la première fois en anglais en 2007 par MARVEL PUBLISHING, INC. sous les titres
originaux *A Not-so-Beautiful Mind*, *Medieval Women*, *High Serpent Society* et *Ego the Loving Planet*.

Traduction de l'anglais par Frédéric Antoine

Éditeur : Marc Alain
Responsable de collection : Marie-Eve Labelle

Dépôt légal — Bibliothèque et Archives nationales du Québec, 2013
Dépôt légal — Bibliothèque et Archives Canada, 2013

ISBN 978-2-89660-597-2

Nous reconnaissons l'aide financière du gouvernement du Canada par l'entremise du Fonds
du livre du Canada pour nos activités d'édition.

Gouvernement du Québec — Programme de crédit d'impôt pour l'édition de livres — Gestion SODEC

Imprimé en Chine

SUPER-SOLDAT DE LA IIᵉ GUERRE
MONDIALE. MAÎTRESSE DES ÉLÉMENTS.
ALTER EGO TITANESQUE DE BRUCE
BANNER. HOMME ARAIGNÉE.
JUSTICIÈRE GÉANTE. SAVANT GÉNIAL
EN ARMURE. MUTANT FÉROCE AUX
GRIFFES ACÉRÉES. ENSEMBLE, ILS
SONT LES PLUS PUISSANTS HÉROS DU
MONDE, QUI S'ATTAQUENT AUX
MENACES QU'UN SEUL SUPERHÉROS
NE SAURAIT VAINCRE!

LES VENGEURS

Dans la peau de M.O.D.O.C.

ARTISANS DE L'ÉDITION ORIGINALE :

JEFF PARKER
SCÉNARIO

JUAN SANTACRUZ
DESSINS

RAUL FERNANDEZ
ENCRAGE

**IMPACTO STUDIOS'
ADRIANO LUCAS**
COULEURS

**MARK PANICCIA ET
NATHAN COSBY**
ÉDITION É.-U.

FRÉDÉRIC ANTOINE
TRADUCTION

JOE QUESADA
ÉDITEUR EN CHEF

DAN BUCKLEY
PRÉSIDENT

BRAD JOHANSEN
PRODUCTION

Captain America a été créé par Joe Simon et Jack Kirby

CAPTAIN AMERICA

TORNADE

HULK

SPIDER-MAN

GIANT-GIRL

IRON-MAN

WOLVERINE

SUPER-SOLDAT DE LA IIᵉ GUERRE MONDIALE. MAÎTRESSE DES ÉLÉMENTS. ALTER EGO TITANESQUE DE BRUCE BANNER. HOMME ARAIGNÉE. JUSTICIÈRE GÉANTE. SAVANT GÉNIAL EN ARMURE. MUTANT FÉROCE AUX GRIFFES ACÉRÉES. ENSEMBLE, ILS SONT LES PLUS PUISSANTS HÉROS DU MONDE, QUI S'ATTAQUENT AUX MENACES QU'UN SEUL SUPERHÉROS NE SAURAIT VAINCRE!

LES VENGEURS

LE CHEVALIER NOIR A VAINCU LE CHEVALIER ROUGE! LES VENGEURS SONT DÉSORMAIS ET À JAMAIS ESCLAVES DU ROYAUME D'AVALON!

OYEZ, OYEZ, AMATEURS D'AVENTURE! VOICI LE RÉCIT D'UNE BATAILLE QUI SE DÉROULA LORS DU PLUS GRAND TOURNOI DES DEUX MONDES! EN CE JOUR, QUATRE PUISSANTS HÉROS AFFRONTÈRENT LA PLUS ANCIENNE ET LA PLUS BELLE DES MENACES!

Piège médiéval

ARTISANS DE L'ÉDITION ORIGINALE :

BRAD JOHANSEN
PRODUCTION

JEFF PARKER
SCÉNARIO

JUAN SANTACRUZ
DESSINS

RAUL FERNANDEZ
ENCRAGE

IMPACTO STUDIOS'
ADRIANO LUCAS
COULEURS

MARK PANICCIA ET
NATHAN COSBY
ÉDITION É.-U.

CAMERON STEWART
ET GURU eFX
COUVERTURE

DAN BUCKLEY
PRÉSIDENT

JOE QUESADA
ÉDITEUR EN CHEF

FRÉDÉRIC ANTOINE
TRADUCTION

Captain America a été créé par Joe Simon et Jack Kirby

PAREZ, MESSIRE TED!

FRAPPEZ... FRAPPEZ!

FUYEZ! COUREZ!

MESSIRE TED DE HACKENSACK A VAILLAMMENT COMBATTU, MAIS IL A FINALEMENT ÉTÉ VAINCU PAR UN FILS D'AVALON.

HUGN...

ET COMME TOUS CEUX QUI PRENNENT PART AU TOURNOI, IL DOIT MAINTENANT FIDÉLITÉ À AVALON ET À SA REINE.

HA HA HA HA HA HA HA

REGARDEZ! DES HÉROS DE CE MONDE!

CROIS-TU QU'ILS NOUS AIDERONT?

HÉLAS! NOTRE DESTIN EST MALHEUREUSEMENT SCELLÉ. N'Y PENSE PLUS.

ET MAINTENANT, VEUILLEZ PRÊTER ALLÉGEANCE À LA SŒUR D'ARTHUR PENDRAGON...

WOUAH!

...

J'AVOUE QUE C'EST UN TRÈS BON TRUCAGE POUR UN SPECTACLE EXTÉRIEUR.

SURTOUT QUE MON ARMURE NE DÉTECTE RIEN QUI PUISSE L'AIDER À LÉVITER.

JE DÉTECTE À NOUVEAU CET ÉTRANGE SIGNAL... ÇA VIENT DU CHÂTEAU.

JARVIS, J'AI UNE QUESTION!

JARVIS, EST-CE QUE LE NOM DE LA FÉE MORGANE ÉVOQUE QUELQUE CHOSE POUR VOUS?

EFFECTIVEMENT! N'ÊTES-VOUS PAS ALLÉ À L'UNIVERSITÉ, M. STARK?

AHEM... OUI! MAIS J'AI ÉTUDIÉ EN ARMURE DE COMBAT! ALORS, C'EST QUI?

C'EST LA PLUS PUISSANTE DES MAGICIENNES. APRÈS MERLIN, BIEN SÛR!

LE MORTE D'ARTHUR

ELLE ÉTAIT AVEC LES GENTILS?

OH QUE NON.

CHEVALIER, TU SAIS QUEL EST LE PRIX.

EUH... OUI, MAIS JE...

TU ES MIEN... POUR L'ÉTERNITÉ!

MEC, MÊME MOI, JE SAIS QUI C'EST.

BAH, C'EST JUSTE UNE QUESTION DE MÉMOIRE.

CHUT!

TU ES À MON SERVICE!

YEAH! WOO-HOO!

FOOMP CLAP CLAP CLAP CLAP CLAP

AAAAHHH!

ÇA M'A L'AIR SÉRIEUX. WOLVERINE, BANNER, TÂCHEZ D'INFILTRER LE CHÂTEAU. IRON MAN ET MOI, NOUS SURVEILLERONS ICI.

MOUAIS... À VOUS LA FILLE, QUOI!

ON VA VOIR ÇA!

KRANNG

PERSONNE N'ENTRE AU CHÂTEAU!

AH OUAIS?

TU PEUX T'ESSAYER, GUEUX, MAIS TU ÉCHOUERAS.

QUOI? AUCUNE TRACE DE GRIFFES?

NUL NE PEUT ENTRER...

... SANS AVOIR RÉPONDU À MON ÉNIGME.

HÉ!

TU PEUX ME DONNER À AUTRUI...

... ET POURTANT, ME GARDER.

QUI SUIS-JE?

... ET QU'IMPORTE OÙ ELLE VA, AVALON VA.

DEPUIS DES SIÈCLES, ELLE MANIPULE DES GENS POUR EN FAIRE SES ESCLAVES. TOUT ESPOIR DE FUIR EST FUTILE.

PARDONNEZ-MOI SI JE DOUTE DE LA CHOSE.

LOGAN, VOICI LE TRANSMETTEUR, LA SOURCE DU SIGNAL.

LE TROLL URLIK EST LE PROTECTEUR DU CHÂTEAU.

GRUNNE

JE VOIS.

MILLE MERCIS POUR VOTRE AIDE, MESSIRES, MAIS IL EST TROP TARD.

IL A RAISON... MOI, JE SUIS ICI DEPUIS 1930.

C'EST NOTRE DESTIN DE SERVIR LA MAGICIENNE!

HAH! ELLE NE FAIT PAS LE POIDS!

PRÉTENDEZ-VOUS ÊTRE UN PUISSANT MAGICIEN?

OUAIP! J'ME FAIS POUSSER DES GRIFFES DE DRAGON.

SHIINNG

FUYEZ! ULRIK EST FURIEUX!

ET LÀ, JE CRÉE UN TROLL ENCORE PLUS COSTAUD...

... D'UN COUP DE PIED.

WHUMP

HÉ! TU FAIS QUOI

MRRRRRRRRRAAGH!

« MON ANCÊTRE, SIRE PERCY DE SCANDIA, SIGNA UN PACTE AVEC LA SORCIÈRE MORGANE LA FÉE, IL Y A PLUSIEURS SIÈCLES. ELLE LUI DONNA UNE ARMURE ENCHANTÉE ET UNE MONTURE AILÉE POUR VAINCRE SES ENNEMIS. »

« IL DUT ENSUITE SERVIR LA FÉE DURANT LE RESTE DE SES JOURS, JUSQU'À CE QU'UN DESCENDANT PUISSE ENDOSSER CETTE CHARGE. JE SAVAIS QUE MON HEURE ARRIVERAIT TÔT OU TARD ET JE TENTAI ALORS DE MAÎTRISER LA PHYSIQUE AFIN DE RÉSISTER À SON POUVOIR. »

« HÉLAS, JE NE FIS QUE LA RENDRE PLUS PUISSANTE. »

TU VOIS, CHEVALIER ROUGE, CES FESTIVALS IMITANT MON ÉPOQUE M'OFFRAIENT UNE OPPORTUNITÉ.

EN DÉPLAÇANT MON ROYAUME SUR CES TERRES, J'OBTENAIS DE PLUS EN PLUS DE SERVITEURS, CHACUN FAISANT GRANDIR MON POUVOIR.

DESTINÉ À ME SERVIR, SIRE DANE A TROUVÉ UN MOYEN DE RALLIER DES MILLIONS DE NOUVEAUX SUJETS... PAR LE BIAIS D'UN JEU!

JE PENSAIS QUE TU POURRAIS ME VAINCRE AVEC TON ARSENAL. C'ÉTAIT LE SEUL MOYEN POUR MOI DE ME LIBÉRER DE CETTE MALÉDICTION. MAIS, À L'INSTAR D'UN VRAI CHEVALIER, TU AS AGI AVEC NOBLESSE.

UN HÉROS COMME TOI RENDRA AVALON INVINCIBLE. ET ALORS, IL N'Y AURA PLUS LIEU DE CACHER MON ROYAUME.

NON... NNF...

BIEN. MERCI, JARVIS.

J'INVOQUE UNE RÈGLE DE TOURNOI!

LES RÈGLES DE COMBAT N'ONT PAS ÉTÉ RESPECTÉES. CE CHEVALIER NE PORTAIT PAS DE BOUCLIER.

EN TANT QUE... ÉCUYER DU CHEVALIER ROUGE, JE DEMANDE UNE AUTRE JOUTE!

FIN

SUPER-SOLDAT DE LA IIᵉ GUERRE
MONDIALE. MAÎTRESSE DES ÉLÉMENTS.
ALTER EGO TITANESQUE DE BRUCE
BANNER. HOMME ARAIGNÉE.
JUSTICIÈRE GÉANTE. SAVANT GÉNIAL
EN ARMURE. MUTANT FÉROCE AUX
GRIFFES ACÉRÉES. ENSEMBLE, ILS
SONT LES PLUS PUISSANTS HÉROS DU
MONDE, QUI S'ATTAQUENT AUX
MENACES QU'UN SEUL SUPERHÉROS
NE SAURAIT VAINCRE!

LES **VENGEURS**

LE CLAN DU SERPENT

ARTISANS DE L'ÉDITION ORIGINALE :

JEFF PARKER
SCÉNARIO

JUAN SANTACRUZ
DESSINS

RAUL FERNANDEZ
ENCRAGE

IMPACTO STUDIOS'
ADRIANO LUCAS
COULEURS

MARK PANICCIA ET
NATHAN COSBY
ÉDITION É.-U.

FRÉDÉRIC ANTOINE
TRADUCTION

JOE QUESADA
ÉDITEUR EN CHEF

DAN BUCKLEY
PRÉSIDENT

ANTHONY DIAL
PRODUCTION

Captain America a été créé par Joe Simon et Jack Kirby

BIENVENUE, TRÈS CHERS MEMBRES!

EN PREMIER LIEU, NOUS ALLONS CHANGER NOTRE NOM DE FILS DU SERPENT POUR LE CLAN DU SERPENT...

... EN L'HONNEUR DE NOTRE NOUVEAU MEMBRE, LA MUTANTE CONNUE SOUS LE NOM DE TORNADE!

BIENVENUE DANS NOS RANGS, TORNADE!

TU ES MAINTENANT L'UN DES ANNEAUX DU PUISSANT SERPENT QUI S'ENROULERONT INEXORABLEMENT AUTOUR DE LA PLANÈTE...

D'AUTRES VONT NOUS REJOINDRE...

... PUISQUE NOTRE RECRUE NOUS LIVRE SES AMIS LES VENGEURS!

DIS DONC... ILS ONT BEAUCOUP DE DISCIPLES!

ET JUSQU'À CE QU'ON AIT MESURÉ LA SITUATION, NOUS JOUERONS LES DISCIPLES.

ILS NOUS FONT SIGNE D'ATTERRIR.

... LE VENIN N'EST PEUT-ÊTRE PLUS ACTIF, MAIS IL LAISSE UNE TERRIBLE MIGRAINE.

ÇA POURRAIT ÊTRE PIRE, COMME TES ÉQUIPIERS T'ÉLECTROCUTANT POUR CALMER UNE FOULE D'ILLUMINÉS.

TON SQUELETTE M'A PERMIS DE RÉGULER LE COURANT AFIN QUE LE VOLTAGE NE SOIT PAS MORTEL.

N'EMPÊCHE QUE...

FINALEMENT, TOUS LES MEMBRES ENDOCTRINÉS DU CLAN DU SERPENT VONT POUVOIR REPRENDRE LEUR VIE. BEAU TRAVAIL, VENGEURS.

QUAND J'Y PENSE, LES VRAIS VILAINS SONT JUSTE DEUX ENTREPRENEURS SUPER MOTIVÉS ET SUPER ORGANISÉS.

ET LÀ, ILS SONT RETOURNÉS DANS LA PRISON D'OÙ ILS S'ÉTAIENT ÉCHAPPÉS, IL Y A DEUX MOIS.

« JE NE PENSE PAS QU'ILS REPRENDRONT LEURS ACTIVITÉS CRIMINELLES AVANT UN BON MOMENT. »

BIEN SÛR, VOUS POUVEZ CASSER CES PIERRES AU HASARD...

... OU NOUS POUVONS SYSTÉMATISER L'OPÉRATION POUR OBTENIR DE VRAIS RÉSULTATS!

J'ADORE TON TATOUAGE, L'AMI!

FIN

MARVEL

AVENGERS

PARKER
SANTACRUZ
FERNANDEZ

SUPER-SOLDAT DE LA IIᵉ GUERRE
MONDIALE. MAÎTRESSE DES ÉLÉMENTS.
ALTER EGO TITANESQUE DE BRUCE
BANNER. HOMME ARAIGNÉE.
JUSTICIÈRE GÉANTE. SAVANT GÉNIAL
EN ARMURE. MUTANT FÉROCE AUX
GRIFFES ACÉRÉES. ENSEMBLE, ILS
SONT LES PLUS PUISSANTS HÉROS DU
MONDE, QUI S'ATTAQUENT AUX
MENACES QU'UN SEUL SUPERHÉROS
NE SAURAIT VAINCRE!
LES VENGEURS

EGO UN AMOUR DE PLANÈTE

ARTISANS DE L'ÉDITION ORIGINALE :

JEFF PARKER
SCÉNARIO

JUAN SANTACRUZ
DESSINS

RAUL FERNANDEZ
ENCRAGE

**IMPACTO STUDIOS'
ADRIANO LUCAS**
COULEURS

**MARK PANICCIA ET
NATHAN COSBY**
ÉDITION É.-U.

FRÉDÉRIC ANTOINE
TRADUCTION

JOE QUESADA
ÉDITEUR EN CHEF

DAN BUCKLEY
PRÉSIDENT

KATE LEVIN
PRODUCTION

Captain America a été créé par Joe Simon et Jack Kirby

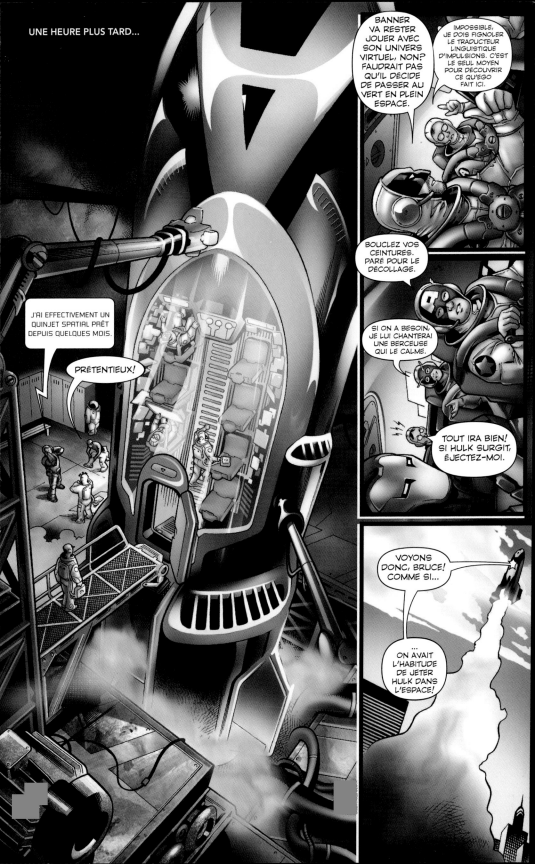

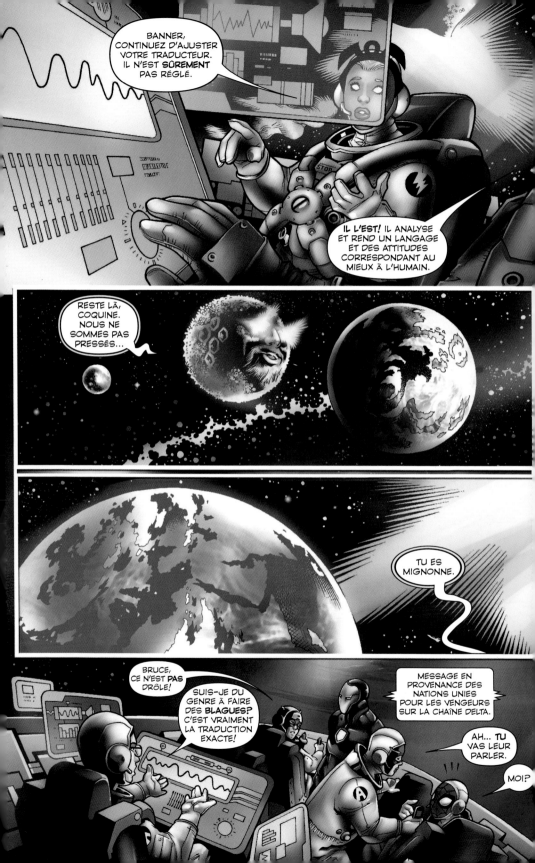

MARVEL

LES AVENTURES AVENGERS™

LES HÉROS S'UNISSENT

LE DERNIER RIRE DE LOKI

PIÈGE MÉDIÉVAL

IRON MAN™

CŒUR D'ACIER

RENTRÉE DESTRUCTRICE

AURORES BORÉALES

SPIDER-MAN

ROI DU JEU

HEURE DE POINTE

VAISSEAU AVEC VUE

L'ARAIGNÉE À HUIT BRAS

HULK

SUPERHÉROS

HÉROS COSTAUD

SOUS LA LOI D'ATLANTIS

SUPER SHOW

LA LÉGENDE RENAÎT

GREENWICH VILLAGE, NEW YORK
VOUS ÊTES CERTAIN QUE C'EST LA BONNE ADRESSE, DOC?
AUSSI CERTAIN QUE DEUX ÉLECTRONS NÉGATIFS NE FONT PAS DE POSITRON.
CURIEUSE BÂTISSE POUR ABRITER UN LABO.

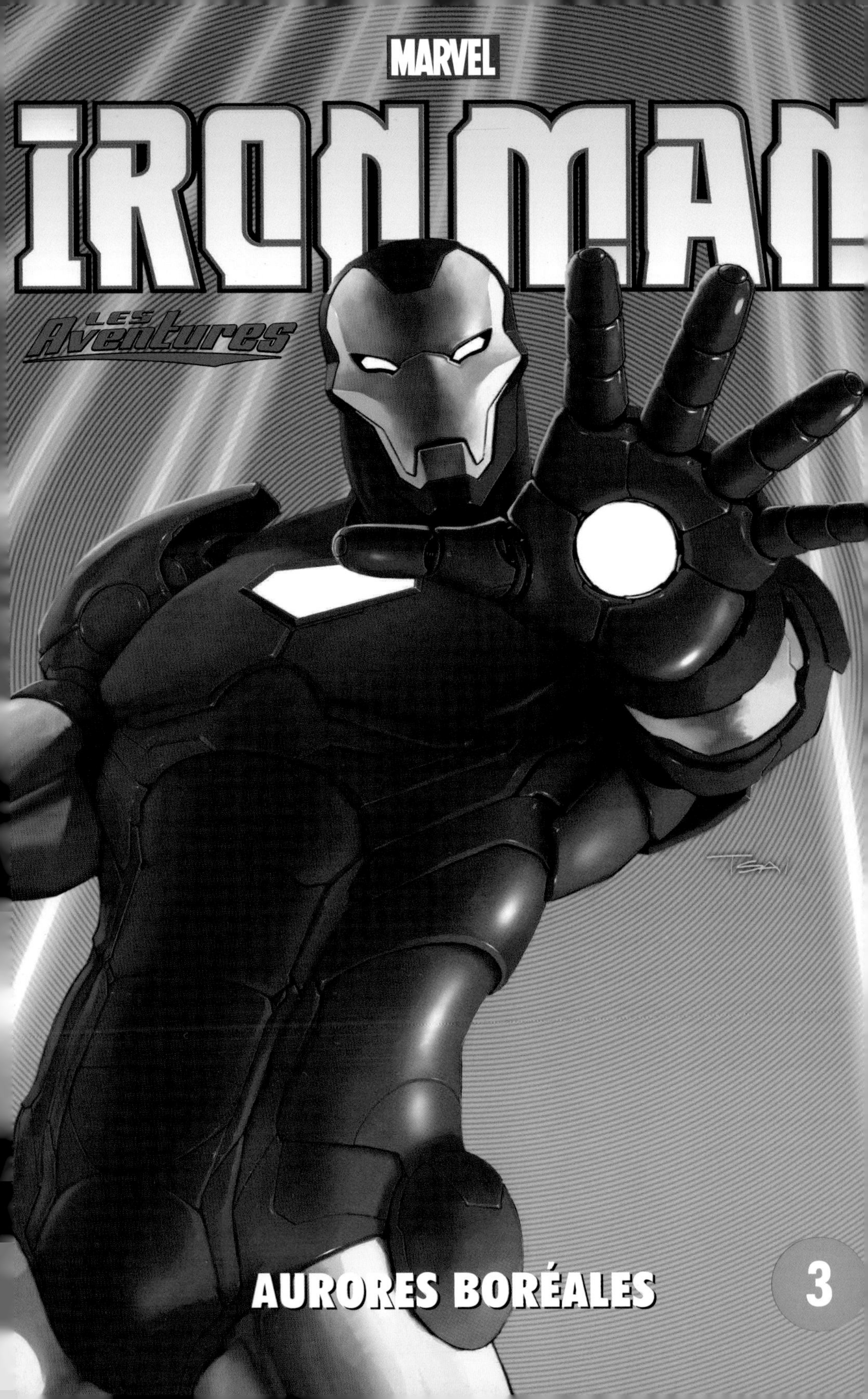
MARVEL
IRON MAN
LES Aventures
AURORES BORÉALES
3